KB044618

따뜻한 적막

이태수 시집

문학세계사

열세 번째 시집을 묶는다. 2014년 겨울부터 2015년 가을까지 일기처럼 쓴 작품들을 간추리고 가다듬었다. '침묵'을 중심 화두로 한 두 권의 시집 이후의 진솔한 마음의 그림들이라 할 수 있다.

길 위에서 홀로 나를 들여다보는 시간이 늘어났다. 흐르는 세월 탓도 없지는 않겠지만, 서늘하고 적막하게 마련이다. 하지만 그 너머의 따스한 풍경에 다가가려 하거나 그 풍경을 끌어당겨 깊이 그러안으려 하는 내가 이젠 낯설지 않다. 마음을 내려놓고 비우노라면 적막마저 그윽해지는 것 같기 때문이다.

이 조촐한 시집을 마음 가난하고 적막한 사람들에게 바치고 싶다. 난바다와도 같은 이 세상을 따스하게 바라보고 끌어안으려는 마음들에 가까이 다가갈 수 있기 바랄 따름이다.

2016년 봄
이 태 수

□ 차례

1

미시주의, 또는 · 10

쇠북 소리 · 11

풍경 소리 · 12

한낮의 정적 · 14

바람과 나 · 16

허공의 점 하나 · 18

수평선 · 20

귀갓길 · 22

한겨울의 꿈 1 · 23

한겨울의 꿈 2 · 24

한 장면 · 26

겨울 점묘 · 28

눈길 1 · 29

눈길 2 · 30

늦겨울 · 32

유리벽 · 34

늦은 눈 · 36

2

대춘待春 1 · 40

대춘待春 2 · 41

어떤 평행선 · 42

참새와 벚꽃 · 44

이른 봄 아침에 · 46

이른 봄날 · 47

산길에서 · 48

봄바람 · 49

봄비 · 50

봄꿈 · 52

어느 날 · 53

푸념 · 54

오월 아침 한때 · 56

늦은 봄 · 57

꿈 깬 뒤 · 58

유월 한낮에 · 60

후렴 · 62

3

풀잎 이슬 · 64

나도, 그 별 하나도 · 66

배회 · 67

폭우 직전 · 68

장마 그치고 · 70

환한 아침 · 71

어떤 나들이 · 72

비련의 꽃-능소화 · 74

나쁜 꿈 · 76

주말 아침 · 78

외딴 빈집 · 80

달빛 연주 · 81

여름 낮잠 · 82

울릉도 향나무 · 83

오래된 주마등 · 84

등 굽은 소나무 · 86

요즘은 나 홀로 · 88

4

새와 나 · 92

독경 소리 · 93

따스한 그림 · 94

마을의 불빛 · 96

밤 숲길 · 97

술 친구 · 98

소크라테스에게 · 100

바커스에게 · 102

어둠 속에서 · 103

그 사람의 말 · 104

나의 들보 · 105

황혼의 비가 · 106

벌판에서 · 107

레테의 강 · 108

또 너 보고 싶어 · 109

이런 까치밥 · 110

상모재에서 · 111

지나가고 떠나가고 · 112

해설
나와 너 김인환(문학평론가) · 116

1

미시주의, 또는

나는 미시적 거시주의자,
아니, 거시적 미시주의자다
둘 다 맞고 둘 다 틀릴 수 있다
둘 다 틀리고 다 맞을 수도 있다
아니, 맞는 게 틀리고 틀린 게 맞다
날이 가고 달이 가고 해가 가고
날이 오고 달이 오고 해가 오고
다시 오고 가고 다시 오다가 가다가 오고 가고
그 오랜 세월 동안 물방울이나 이슬방울들처럼
풀잎에 맺히듯 글썽이고 싶었다
맑고 투명하게 반짝이고 싶었다
작아지면서도 그 외연을 넓히고 넓혀
이 풍진 세상을 안아 올리고 싶었다
풍진을 다 떨쳐 낸 세상을, 우주를
꿈꾸며 깊이 끌어안고 싶었다
한없이 작아지고 작아지면서
커지고 또 커지고 싶어진다

쇠북 소리

멧새들이 배롱나무 가지를 떠난다
꽃잎들이 떨어져 내리고
새들이 끼얹던 노래의 여운도 사라진다

발치에는 이리저리 뒤채는 꽃잎들
제 온 길을 찬찬히 되돌아보고 있는지
새들의 노래 속을 거슬러 오르고 있는 건지

배롱나무 사이로 땅거미 이랑져 오고
붉게 타오르는 서녘 노을
꿈결인 듯 먼 데서 쇠북이 운다

풍경 소리

풍경 소리가 귓전을 두드린다
정처 없이 길을 가다가 듣는 이 소리는
비몽사몽, 나를 흔들어 깨우는 손길 같다

가까이 끌어당길수록 아물거리지만
잊었던 노래의 몇 소절처럼 그윽하다

저녁 한때의 마을과 멀어지는
외딴길 언저리,
어둠살에 묻히는 소나무 등걸에 기대선다
낮달도 서산마루를 막 넘어가고
별들이 흩어져 앉는 동안
마냥 그대로 붙박인다
갈 길도 가야 할 길도 아예 다 내려놓고 싶다

여전히 어둠을 흔드는 풍경 소리,
마음을 안으로, 안으로 들여보낸다

안 보이는 어떤 부드럽고 커다란 손이
검은 구름 사이로 어른거린다
마을의 불빛은 왠지 점점 더 멀어져 보인다

한낮의 정적

구름 그림자가 내 앞에 멈춰 선다
나도 발걸음을 멈춘다

잠시 서 있는 동안
새들은 날렵하게
나무에서 나무로 옮아 앉는다

누군가 저만큼서 가까이 다가온다
무슨 말이라도 건네려 하는지,
헐렁한 모자 깊숙이 얼굴 파묻은 채
그냥 지나치려 하는 건지,

손목시계를 들여다본다
초침이 채근하듯 나를 올려다보고,
어지럽게 또 한 떼의 말이 밀려온다
나는 그 말들도 채근도 애써 밀어낸다

스쳐가는 사람의 꾸부정한 뒷모습,
마치 안으로 잦아드는
자기 그림자 같다

새들도 모두 어디론가 날아가고
구름 그림자가 다시 제 정적을 밀며 간다

바람과 나

문득, 가던 길을 멈춰 선다

바람은 어디서 왔다가
어디로 가는지
어디로 갔다가 되돌아오는지
길가의 풀과 나무들, 마음을 흔들어 댄다

흔들리지 말아야지, 다짐하는 순간에도,
아무리 멀어도 가야 할 길은 가고야 말겠다고
마음먹는 순간에도 바람은 나를 흔든다

내가 어디로 가고 있었지?

바라보면 저만큼 내가 떠밀려 간다
떠밀려 가다가 다시 떠밀려 온다
멈춰서 있는 순간에도 떠밀려 간다

나는 다시 가던 길을 간다
떠밀려 가다가 되돌아오고
오다가 가지만
떠밀리지 않으려고 안간힘을 쓴다

나는 대체 어디로 가고 있는 거지?

허공의 점 하나

길이 멀다
가도 가도 멀다
산을 넘고 강을 건너도
세상은 아득한 무명 속이다
산 너머 강, 강 건너 산,

가도 안 가도 오십보백보
강물은 아래로, 아래로 흘러가고
산은 언제나 거기 그대로다

생김과 사라짐은 동전의 앞뒷면 같다
세월은 뒤돌아보지 않고
앞으로, 앞으로만 간다

허공에 떠도는 먼지들,
나는 한 알의 먼지다
아무리 가 보아도 이내 되돌아온다

나는 공활한 허공에 지워질 듯
떠도는 점 하나다

수평선

해변의 외딴집 낯선 창가에 앉아
먼 수평선을 바라본다
하늘과 바다가 올라가고 내려오려 하지만,
서로 끌어당기고 끌어들이려 하지만,
팽팽한 경계, 그 사이로
작은 어선 몇 척이 떠간다

바다와 하늘은 끝내
올라가지도 내려오지도 못한다
끌어당겨지지도 끌어들여지지도 않는다
해가 서녘에 기울 때까지
수평선 멀리
괭이갈매기들을 따라나서는 마음에
날개를 달아 보려 할 따름이다

해변의 낯선 외딴집 창가에 앉아
올라가려는 마음과 내려오려는 마음을

끌어당기고 끌어들이려 할 뿐,
하늘과 바다 사이에 보일 듯 잘 안 보이던
내 마음의 수평선도 차츰 뚜렷해진다
그 수평선을 홀로 들여다봐야만 한다

귀갓길

산길 벗어나 집으로 돌아오는 길에
못가 바위에 걸터앉아 쉰다

해거름 못물에 물구나무선 나무들의
꾸부정한 허리
못물에 발 담그고 흔들리는 갈대들은
제 그림자를 들여다보고 있는 걸까

한 중늙은이가 장의자에 비스듬히 앉아
담배 피우는 모습도 얼비친다
멧새들은 둥지에 들 때가 가까워 오는지
낮게 날며 나직나직하게 지저귄다

인근의 외딴집 굴뚝 위에 걸리는
저녁연기가 유난히 따스해 보인다

한겨울의 꿈 1

언 손 비비며 눈을 뜬다
푸르고 찬 빛이 붐비는 허공,
처마에는 주렁주렁 고드름이 매달린다
이따금 저수지에서 얼음 갈라지는 소리,
어느 집에서인지, 가까이
탬버린 소리가 쨍그랑거린다

온몸을 두텁게 감싼 한 노파가 빙판길을
지팡이에 의지해 느릿느릿 걸어간다
그 옆에는 신나게 도는 팽이들,

몇몇 아이들은 깔깔대며 눈싸움을 한다
코도 귀도 입도 다 삐뚤어진 채
길가에 우두커니 서 있는 눈사람,
나는 마치 눈사람처럼
한겨울 꿈속을 부질없이 헤매고 있는 걸까
고드름들이 더욱 투명하게 반짝인다

한겨울의 꿈 2

유리알 같은 얼음장 밑에서 유유히
냇물을 거슬러 오르는 물고기들,
오랜만에 나도 따라나선다
스케이트 날을 시퍼렇게 갈았는데도
넘어지고 또 넘어진다

미끄러져 넘어질 때마다
아득한 옛날이 가슴에 안겨 오는 것 같다
마흔다섯 해 전, 젊은 장교 시절
군사분계선 가까운 한탄강 얼음장 밑의
그 물고기들이 눈에 선하다

(남과 북이 따로 없는 물고기들)

냇물은 어김없이 아래로만 흘러가도
세월은 오로지 앞으로만 간다
아무리 거스르려 해도 부질없다는 것을

알고는 있지만, 넘어질 때마다 불현듯
그 옛날이 그리워지는 건 웬일인지

거슬러 오르려고 안간힘 쓰는 건
예나 지금이나 다름이 없어서 그럴까
마흔다섯 해 전에 꾸던 그 꿈이,
우울해도 뜨겁던 그 마음이, 여태
투명한 얼름장 아래 갇혀 있기 때문일까

한 장면

모스크바 참새언덕* 맞은편 큰길가에
두 줄로 서서 이따금 몸을 비트는
자작나무들,
성글게 흩뿌리는 눈발

털모자 눌러쓰고
느릿느릿 걸어가는 한 남자의
처진 어깨,
그 너머로 흩날리는 담배 연기
간헐적으로 쨍한 새소리

꿈을 깼는데도 왜 이런 것일까
몇 해 전의 그 스산하던 장면 하나가
창유리에 어른대며 달라붙다니,
그 풍경 속에 든 내가
나를 보고 있다니,

새벽 쓰레기 수거차의 방울 소리에
창문을 열어젖힌다
공기가 무겁게 차갑다
아마도 눈 위에 또 눈이 내릴 모양이다

* 러시아 모스크바의 평지와 다름없이 밋밋한 언덕.

겨울 점묘

얼음 사이로 흐르는 산골짜기 물이
새들의 노랫소리를 받아 적는다

키 작은 나무들이 모여 앉아
그 노랫소리를 건지려 하는 건지
연신 허리를 구부리고 있다

키 큰 굴참나무 너머의 구름은
그 장면을 그윽하게 내려다보면서
드리운 그림자를 거두어들인다

새들은 쉬지 않고 노래 부르고
산골짜기 물은 맑은 소리로 흐른다

눈길 1

눈 덮인 길을 더듬어 걷는다
갈수록 눈앞이 하얗게 이지러진다
발자국은 지그재그로 어김없이 따라온다
작은 새들이 그리는 포물선,
쌓인 눈 틈새로 고개 쳐드는 풀포기들

눈을 가득 뒤집어쓴 보트 한 척이
호수 한 귀퉁이에 매인 채 나를 올려다본다
나도 나를 들여다본다

눈 멎은 하늘은 여전히 찌푸린 채다
높낮이를 막론하고 보이는 것들은
죄다 안으로 제 속을 감추고 있는 걸까
나는 내 발자국에 떠밀리듯
앞이 더욱 흐려지는 눈길을 걷는다

눈길 2

날이 저물고 또 눈이 내린다

눈발 사이로 먼 데서 흔들리는

희미한 불빛,

한 떼의 철새가 어둠 속으로 날고

언뜻언뜻, 눈 속의 길들이 뒤챈다

오면 가고 가서는 다시 되돌아오는

이 낯선 순간들은

저 영원의 하잘것없는 보푸라기들일까

생각이 꼬리에 꼬리를 물지만

나는 어디로, 어디쯤 가고 있는지,

어디로 가야 할는지,

더욱 막막해진다

막막한 마음의 갈피에 흩날리는 눈발,

길들을 죄다 지우며 내리는 눈은

오로지 제 홀로 환한 길을 낸다

늦겨울

빈 몸으로 서 있는 계수나무 아래 앉아
멧새들의 지저귐에 귀를 가져간다
눈을 감으면
나지막하고 해맑은 소리들이
그저께 본 산 속 풍경들을 데려다준다

인적 없는 산골짜기의 물소리,
진초록 솔잎들과 마른 풀잎들이
바람과 어우러져 사운거리는 소리,
이름 모를 새들의 노랫소리도 들려온다
나무에서 나무로 건너뛰는 다람쥐,
눈빛 초롱초롱한 산토끼들과
산마루의 한가로운 구름들도 따라온다
길 없는 길을 더듬어 오르던
내 발자국 소리, 더디게 오고 있는
봄의 기미들도 제 길로 들어선다

눈을 들어 바라보면
앞산 응달엔 아직도 희끗한 잔설,
신 나게 뛰놀며 지나치는 아이들의 이마에
송글송글 맺힌 땀방울, 계수나무도 머잖아
뿌리로 모은 힘을 퍼 올릴 태세다

유리벽

유리창 너머의 오동나무 빈 가지에
뛰어내리는 겨울 햇살
앞산이 몇 발자국 다가서는 듯하더니
멈춰 서 버린다
앞산은 따스한 유리창 이쪽과는
여전히 거리를 좁히지 못한 채
몸이 굳어 있는 것일까

하지만 나는 창밖의 앞산 자락을,
그 응달의 나무들과 마른풀들까지
앞마당으로, 다시 창 안으로
지그시 끌어당긴다
안으려 해 보지만 품을 수는 없다
창유리에 부딪치는 바람 소리,
간헐적으로 희미한 새소리

유리창은 그 투명함만큼이나

확실한 벽이 돼 버린 것일까
이 벽은 안팎을 확고하게 분할하지만
그래도 자꾸만 헛손질을 하게 된다
아마도 새봄은 먼 데서
느린 걸음으로 오고 있겠지만
바람은 여전히 유리창을 흔들어 댄다

늦은 눈

봄기운 술렁이는 쥐똥나무 울타리에
흩날리는 눈송이들

울타리 너머 키 큰 왕벚나무 빈 가지엔
주둥이로 제 날개깃을 쪼아 대는 멧새 한 쌍,
그 새하얀 꽁지들

오랜만에 들른 꽁지 마을의
나지막한 집들, 그 위에 잔뜩 찌푸렸던
하늘이 차츰 민얼굴을 드러낸다

성급하게 꽃잎을 내밀다가
제 발치를 내려다보던 목련나무들도
하늘을 향해 힘을 죄다 모으는 중일까

마스크를 다시 낀다
간밤에 시달리던 악몽 부스러기들이

여전히 마음 어지러이 흔들어 대지만

들릴듯 말듯 가까이 가물거리는
봄의 발자국 소리,
그 소리에 안간힘으로 귀를 가져가 본다

쥐똥나무 울타리에 내리던 눈송이들도
하나둘 제 발길을 거두고 있다

2

대춘待春 1

창 너머 앞산이 차갑게 반짝인다
아직 녹지 않은 눈과 얼음 사이로
반신을 드러내는 바위들,
부동자세로 우두커니 서 있는 나무들

그런데도 창가에 앉아 눈을 감으면
끊어질 듯 이어지는 산골짜기 물소리가
따스한 햇살과 어깨 겯고 다가오는 것만 같다

봄을 기다릴 적마다 듣던 비발디의 사계,
그 도입 부분이 거실 창유리를 기어오른다
다시 창밖으로 눈길을 가져간다

마음이 몸보다 몇 배나 춥고 쓰라려
겨우내 낮게 허우적대던,
까닭마저 뚜렷하지 않은 이 응달 빈터에도
이젠 멧새 한두 마리쯤 날아들었으면 좋겠다

대춘待春 2

검회색 앞산 봉우리가
따스한 햇살을 받으며 뚜벅뚜벅 다가온다
점차 무게를 덜어 내는 저 발소리,
겨우내 웅크리고 서 있던
창밖의 나무들이 다투어 몸을 추스른다
자목련은 조금씩 꽃봉오리를 밀어낸다

창을 열면, 내가 마치 투명인간처럼
마당귀의 양달에서 가벼운 맨손체조를 한다
담장 아래 유난히 반짝이는 유리 조각들

전투기 한 대가 느닷없이
폭음에 하얀 꼬리를 달며 멀어져 간다
나도 그 뒤를 바짝 따라간다
아득하게 날아오른다
눈을 감고 한참을 날아오르다 보면 어느새
고삐 풀린 망아지들이 앞지르기를 한다

어떤 평행선

담장 아래 연초록 풀잎들이 돋아난다
저버리지 않은 언약같이,
못 견디도록 사무치는 그리움처럼,
북풍한설 다 밀어내고 햇살을 끌어당긴다

지난 겨우내 참아온 말, 너를 좋아한다는
그 말, 안으로 굳게 빗장 지른 채
무덤까지 가져가야 할 것 같은 그 말 한 마디,
남몰래 햇살에 꺼내 보다 깊이 끌어안는다

세월은 덧없이 흐르는 물,
영영 되돌릴 수 없는 화살 같지만
봄은 또 발자국 소리도 없이 먼 길 돌아서 오고,
꽃들은 다투어 피었다 이내 지고 말겠지

이름도 알 수 없는 작은 새들이
담장 옆 빈 나뭇가지에 앉아 밝게 지저귄다

나무들도 제자리에서 힘껏 달리고 있는 중일까
내 마음 알 리 없는 너는 저만큼 가지만

그래도 이 평행선은 눈물겹도록 아름답다
아무도 몰래 쟁이고 또 쟁여온 말.
너를 좋아한다고 말하지 못한 그 한 마디 말이
설령 안으로만 반짝이는 유리알 같더라도,

참새와 벚꽃

봄이 오는 길목,
벚나무 빈 가지에
참새 한 마리 앉아 지저귄다

꽃잎을 터뜨릴 때가 다 됐는데도
벚나무는 안으로만 몸을 추스르고 있는지

참새가 주문을 외듯, 졸라 대듯 조잘거려도,
햇살이 가까이 뛰어내리고
금방 떼 지어 날아온 참새들이 목청을 높여도,
묵묵부답, 미동도 하지 않는다

그 바로 옆, 양지바른 빈터에서는
떨어져도 튀는 공처럼 공놀이 하는 아이들
이마에 맺힌 땀방울,
간혹 지나가는 어른들 발걸음은 경쾌하다

벚나무는 참새들이 다 자리를 뜬 뒤에야
말 없는 말로 화답이라도 하듯,

감춰 뒀던 속내가 한순간에 일제히 폭발하듯,
뿌리로 모았던 힘을
터뜨리고 있다

이른 봄 아침에

아침 햇살이 따스하다
이제 곧 꽃잎부터 터뜨릴 왕벚나무
빈 가지에 날아와 앉는 산비둘기 한 쌍,
목련은 벌써 꽃봉오리를 내미는 중이다

장의자에 비스듬히 앉아 신문을 읽는
노신사의 반짝이는 구두코,
그 가까이서 구슬치기를 하는 아이들의
깔깔대는 소리, 튕기듯 탱글탱글하다

간밤의 우중충한 꿈 한두 자락을
햇살에 말리다 말고, 슬며시
나도 그 풍경 속으로 끼어든다
꽃다지들은 깨금발로 나를 올려다본다

이른 봄날

이른 봄날 아침, 가늘게 내리는 비
마을의 지붕들과 길들은 꿈결인 듯 젖어
촉촉이 뒤채고 있다

낮은 하늘엔 빗금으로 기어오르는
나무들의 숨결

연분홍 우산을 받치고 가는
젊은 여자, 그 옆의 꽃무늬 비옷 입은
어린이 둘은 종종걸음으로 간다

몽우리를 막 터뜨리는 산수유
촉을 틔우는 중인 튤립들

며칠째 앓던 몸살을 훌훌 떨쳐내고
나도 가벼운 옷차림으로 한길에 나선다
빗장 질렀던 마음의 창도 열려 있다

산길에서

마을 벗어나 산길로 접어든다
허리 구부리고 서 있는 소나무들과
엎드리듯 피어 있는 풀꽃들,
개울물은 아래로 나직이 흐른다

내리는 게 어디 물뿐이랴
우거진 숲으로 뛰어내리는 햇살
먼 산에서 날아온 멧새들도
너럭바위에 내려앉아 조잘댄다
가파른 산길을 따라 오를수록
계곡으로 굴러 내리는 마음, 이 공허

허공의 뜬구름은 어디로 가는지,
구름 그림자 아래 주저앉아 있는 내가
땀에 절여 산꼭대기까지 오른 나를
되레 내려다보고 있는 것만 같다

봄바람

복사꽃 환한 마을이 날개를 퍼덕인다
해 질 녘, 나는 그 바람에 취해
고삐 풀린 망아지처럼 바깥을 쏘다닌다
생각들을 마구 풀어 놓는 동안
지천의 풀잎들도 일제히 날갯짓을 한다
천방지축 날아오른다

나직하면서도 그 안이 뜨거운 음악을,
그 몇 소절만을 골라 끌어당긴다
어디선가 발라드풍의 선율이 가세한다

따스하고 폭신한 바람결,
나를 마냥 들뜨게 하는 바람이
얇은 셔츠 속의 가슴을 연신 더듬는다
꿈에 날개를 달고 싶다는 말,
겨우내 웅크리고만 있던 말들도
바람난 듯 제멋대로 날치는 초저녁이다

봄비

이른 봄날, 단비가 속삭이듯 내린다
앞마당에 깨금발로 서 있는 광나무들이
그 소리에 귀를 가져다대는 중일까

그 발치의 얼굴 깨끗이 씻은 팬지꽃들도
따스한 귀엣말들을 주고받는지,
여전히 사방은 술렁이듯 조용하다
조용하지만 속이 점점 따뜻해지는 것 같다

먼지 풀풀 날던 뒤란, 그 너머
비쩍 말랐던 골목길도
가슴 속까지 촉촉이 적셨는지,
가라앉듯 풋풋하게 일어서는 것 같다

몇 날 며칠 애타게 기다리던 편지가 막 오듯,
영영 가 버릴 것만 같던 사람이
먼 길 돌고 돌아 되돌아오듯,

비는 나직나직 말을 건네며 내린다

키 작은 광나무들 옆에 깨금발로 서서, 또는
팬지꽃 잎에 입술 비비듯 허리 구부려,
귀 활짝 열게 하는 저 은밀한 소리

봄꿈

나비 한 마리가 날아온다
그 뒤따라 또 한 마리가 날아온다
나비 날개에 파닥거리는 햇살

햇살에 반짝이는 사금파리들
양지바른 돌담 아래서
나른하게 꿈속을 드나드는 고양이

눈 뜨는 기억들이 아지랑이 사이로
가물거리며 나를 들여다본다
기억 속의 내가 투명해진다

어느 날

맑게 갠 하늘에 양 떼가 노닌다
목동은 어디에 숨어 있는지
피리 소리가 간간이 들려오는 것 같다

앞마당 양지바른 담장 밑에는
한가로이 먹이를 쪼아 대는 참새들,
나비들은 꿈결에 흩날리던 꽃잎 같다

몸살 가누며 집을 나서 보지만
언뜻 갈 곳이 떠오르지 않는다
기다리는 사람이 있을 것 같지도 않다

여전히 어른거리는 간밤의 꿈 몇 조각,
나는 우두커니 서서 침침한
내 속을 또 한 바퀴 돌아 나온다

푸념

갑자기 대기가 뜨거워졌다
벌써 한여름이 쳐들어온 걸까
때 아닌 불볕더위에
꽃들이 여기저기 피다 말고 시든다

산길로 접어들자
땀에 절인 등산객이 주저앉아 투덜거린다
이젠 날씨마저 인간 세상 같다고,
미친 여자 널뛰듯 한다고,
겨우내 기다렸던 봄의 실종을 아쉬워한다

숲길은 터널 속처럼 어둑하고 눅눅하다
앞을 가로질러 노루 한 마리가 뛰어간다
그 모습은 마치 잠시 반짝이다 스러지는
터널 속의 불빛 같다

지난겨울엔 유난히 봄을 기다렸다

세상이 너무 어지럽고 삭막해,
느닷없고 어처구니없는 일들이 많아,
봄을 기다려 봄꽃들을 보고 싶었다
세상의 새봄이 간절했다

오월 아침 한때

오월 아침나절의 촉촉한 실비,
교외의 작은 마을은 수묵담채화 같다

야트막한 지붕들을 감싸 안은 물안개,
마을 초입의 토담집 낮은 담장에는
줄장미 꽃잎들이 유난히 새빨갛다

(나도 그 안에 깃들 수 있었으면……)

우산 접고 골목길로 들어서자
눈에 확 들어오는 적벽돌집,
조금 열린 창으로 튕겨 나오는 관악 선율

순간, 잊고 있던 옛 꿈이
햇살 받으며 유리알처럼 반짝인다

늦은 봄

봄꽃들이 시나브로 진다
그 둘레엔 표정도 없는 쥐똥나무 울타리

이 정황에 끼어든 멧새 몇 마리가
떨어진 꽃잎에 제 그림자를 벗어 놓는다
그러나 잠시뿐, 일제히 숲속으로 날아간다

한가로이 화단에 멈춰 서는 구름 그림자,
불현듯 전투기 몇 대가
폭음을 쏟아부으며 멀어진다

담벼락 언저리의 작은 사금파리들은
햇빛을 난반사로 쏘아 댄다
따끈해진 햇발은 수직으로 뛰어내리고

무성한 풀숲은 산발치의 아파트 담장까지
잰걸음으로 다가서는 중이다

꿈 깬 뒤

꿈을 떠밀며 잠에서 깨어났다
밤새 날아오르는 꿈을 꾸었지만
이른 아침에 눈 뜨고 아래로, 아래로
마음을 내려 보낸다

엘리베이터 타고 내려가
한길이 내려다보이는 뜰 앞에 선다
꽃들이 활짝 피어 있다
종달새가 밝은 노래를 그 위에 포갠다

자동차들이 달리고
가로수들은 팔을 치켜들며 장단을 맞춘다
나는 천천히 걸으며
더 낮고 낮은 데로 마음을 내려 보낸다

늦은 봄날의 녹음 위에
햇빛이 날개를 퍼덕이며 내려온다

종달새들이 하늘 높이 날고
여객기 한 대가 멀리 가물거린다

나는 다시 발길을 돌린다
엘리베이터에 올라 버튼을 누른다
불현듯 간밤 꿈속에서 날아오르던 내가
나와 함께 엘리베이터를 타고 올라간다

유월 한낮에

유월 한낮 햇살에 마음 꺼내 말린다
맑게 갠 하늘에는 한가로운
구름 몇 가닥

밤새 비 맞고
시멘트 담장 아래 피어오른
여름 길목 꽃들의 풋풋하고 발랄한 결기

이따금 나비들이 떼 지어 날아든다
벌들도 붐비다 가고 또 와도
사방은 조용하다

아파트 베란다에서
창문 열고 흔들의자를 흔드는
노신사의 유난히 빛나는 은빛 머릿결

악몽으로 잠을 설쳐야 했던 간밤에는

벗어나려야 벗어날 수 없는
수렁에 빠져 헤맸다

해가 중천에 떠도
눅눅하게 절어 있는 마음,
따끈한 햇살에 널어 뒤집으며 말린다

후렴

멧새들이 노래의 후렴만 부른다
먼저 머물다 간 멧새들이 부르던 노래를
잊어 버렸기 때문일까
아예 후렴만 익힌 탓일까

나무에서 다른 나뭇가지로 옮아 앉는
멧새들은 하나같이 후렴만 부른다

나도 오래된 노래를 한참이나 떠올리다가
고장난 음반처럼 되풀이해 후렴만 부른다

갈 길을 찾아가다가 길이 너무 많아
길 위에서 가야 할 길을 잃어버린 나는

나들이 온 멧새들과 함께
산발치에 멈춰 선다
멧새들을 따라 기억의 빈 창고 앞에서
잊고 있던 노래의 후렴만 부른다

3

풀잎 이슬

키 큰 은행나무 아래
작은 풀잎들이 이슬방울들을 매달고 있다
빗살무늬처럼 담벼락을 타고 내리는 햇빛,
먼 산은 여태 안개 비단 자락을 걸쳤다
이따금 실바람도 휘감긴다

이슬방울들은 글썽이다 이내 기화한다
더러는 땅바닥으로 굴러내린다
나는 은밀하게 그 풍경 속에 깃들인다
이슬처럼 흘러내릴 것만 같은 마음을
붙잡으려 안간힘을 쓴다

오늘도 아침은 그렇게 온다
막 뛰어내리는 햇살을 받고 있는 풀잎에
투명하게 반짝이는 이슬방울들,
이슬처럼 작지만 맑아지고 싶은 꿈의
이 덧없는 사방연속무늬

키 큰 은행나무와 먼 산은
그나마도 이런 나를 바라보고 있는 걸까
아득히 높은 옥빛 하늘이
이 광경을 내려다보고 있듯이,
내가 나를 물끄러미 들여다봐야만 하듯이,

나도, 그 별 하나도

별 하나 차츰 가까이 내려온다
눈을 감았다 다시 뜨면
어디론가 가 버리고 보이지 않는다

밤 이슥토록 못가에 앉아
꿈길을 오락가락하고 있었던 건지
못물 위에는 환한 달빛

앞산 너머 아득하게
이마 맞대고 앉아 있는 잔별들
은하에까지 기어오르는 풀벌레 소리

눈 비비며 들여다보아도
애타게 기다리던 나도, 그 별 하나도
어둠 속에 묻힌 채 돌아오지 않는다

배회

잊고 있었던 옛 노래 속으로 들어간다

불빛 희미한 밤거리

나는 내 발자국 소리를 끌고 되돌아 나온다

자욱한 안개

누군가의 뒷모습이 안개 속으로 스러진다

눈을 감으면 다시 또

되돌아 나왔던 바로 그 노래 속이다

폭우 직전

뿌윰하게 중천에 걸린 해,
점점 더 발을 오그리는 햇발들

젖빛 구름 떼가 장엄한 행진곡 따라
아래로, 아래로 몰려온다
몇 차례 번득이는 마른번개,
개미들의 이동 행렬이 속도를 붙인다

제자리걸음을 재촉하는 나무들,
높은 집들의 창문은 대부분 닫혀 있다

툇마루에 쪼그리고 앉아
황급히 둥지에 드는 까치들을 바라본다

등 뒤에서는, 인근의 한 소읍에
게릴라성 폭우로 큰 피해가 속출한다는
아나운서의 다급한 목소리,

한바탕 천둥이 파열음을 퍼붓는다

오락가락하는 텔레비전 화면,
불길한 느낌들이 온몸을 옥죈다

장마 그치고

하늘에 지워질 듯 걸려 있는 무지개,
풀잎에는 글썽이는 빗방울들,

오랜만에 궂은 비 그치고
중천에 안간힘으로 매달리던 구름들도
차츰 무게를 덜어 낸다

햇살에 마음 뒤집어 말린다
나뭇가지 사이로 가볍게 나는 새들,
그 노래 속으로 깃들이고 싶다

발에 힘을 주며 뛰어내리는 햇빛,
아이들의 쨍한 웃음 소리,
나무들은 허공으로 팔을 쭉쭉 뻗는다

하늘은 물끄러미 내려다보지만
나는 새 구두의 끈을 조여 맨다

환한 아침

새벽에 창을 사납게 두드리던 비도 그치고
이른 아침, 햇살이 미친 듯 뛰어내린다
온몸이 다 젖은 회화나무가 나를 내려다본다
물끄러미 서서 조금씩 몸을 흔든다
간밤의 어둠과 바람 소리는 제 몸에 다 쟁였는지
언제 무슨 일이 있기라도 했느냐는 듯이
잎사귀에 맺힌 물방울들을 떨쳐 낸다
내 마음보다 훨씬 먼저 화답이라도 하듯이
햇살이 따스하게 그 온몸을 감싸 안는다
나도 저 의젓한 회화나무처럼
언제 무슨 일이 있어도 제자리에 서 있고 싶다
비바람이 아무리 흔들어 대도, 눈보라쳐도
모든 어둠과 그림자를 안으로 쟁이며
오직 제자리에서 환한 아침을 맞고 싶다

어떤 나들이

멧새들이 떼 지어 날아든다
산 너머 먼 숲에서 나들이 온 건지
쉴 새 없이 조잘거린다
고층 아파트 사이 키 큰 나무들 가지마다
끌고 온 길들을 허공에 죄다 풀어 놓는지

새들은 알레그로에서 모데라토로,
모데라토에서 다시 알레그로로 목청을 바꾼다
바람도 슬며시 끼어든다
나무들이 춤추듯 술렁거리고
진초록 잎사귀들이 햇살을 되쏘아 댄다

눈에는 보이지 않는, 부드럽고 커다란 손이
이 오후 한때를 어루만져 주는 걸까
무거운 마음 떨쳐 내려 애쓰던 나도
한나절 땀 흘리며 올랐다가 내려온 산길을
지그시 끌어당겨 들여다본다

가고 싶은 길이 이제야 보일 듯도 하다
새들은 제멋대로 길을 만들었다가는 거두고
거둬들였다가는 새로 깔면서 가는지
옥빛 하늘 자락 흔들며 저만큼 멀어진다
나는 눈을 감은 채 따라나선다

비련의 꽃
– 능소화

한여름 땡볕에 한사코
담장 타고 기어오르며 피는 꽃,
능소화들이 목 뽑은 채 귀를 활짝 연다

오로지 그 님만 하염없이 기다리는
마음의 저 붉은 끈,
그 끈을 끝내 놓지 못하기 때문일까

땅바닥에 떨어지면서까지
귀는 마냥 그대로 열고
담장 너머 발소리에 애간장 태우는 것 같다

기다림이 도를 넘으면 한이 되고
한이 하늘 찌르면 독이 되고 마는 걸까
독이 되어 더 아름다운 저 꽃잎들

그 님이 아니면 그 누구든

저 꽃잎에 손대지 마라
저 꽃을 탐한 손으로 절대 눈 비비지 마라

눈이 멀어도 좋다면
그 손으로 저 꽃을 탐해 보라
그 님이 아니면 그 저주 죄다 떠안게 되리니

나쁜 꿈

무표정한 얼굴들이 나를 바라본다

나는 아무 말도 하지 못하고
그들 가까이 슬며시 다가간다

일진광풍……허물어져 버린 집들과
넋 나간 사람들이 주저앉아
하늘을 멍하니 쳐다본다

먹구름 뒤의 해도 서산을 넘어가고
부러진 나뭇가지 사이로
바삐 나는 새들,
마을은 봉두난발, 어둠에 잠긴다

앞으로만 가는 시간은 뒤돌아볼 리 없다
돌처럼 굳어진 사람들,
그 옆에 웅크린 나도 처참하다

나쁜 꿈을 헤쳐 나오자 창이 덜커덩거린다
새벽 쓰레기차 방울 소리, 바람 소리,

눈을 떠도 꿈속 장면들이 안 지워진다

주말 아침

늦잠에서 깨어나 면도를 한다
창가에 비스듬히 세워 놓은 거울에
간밤의 악몽 부스러기들이 엉겨 붙는다
턱수염을 깎아 내는 면도기의 까칠한 촉감,

칼날 도는 소리가 거울에 미끄러지고
헬리콥터는 앞산 너머로 멀어진다
얼굴과 목에 선크림을 바른다

장마 뒤의 아침 하늘이 맑다
창문을 활짝 열고 공기를 들이켠다
햇살이 두터워지는
산발치 잔디밭에는 이제 막
시동이 걸린 제초기의 엔진 소리,

잔디밭을 뒤덮던 잡초들이 쓰러지고
나무들은 허공으로 팔을 뻗는다

기지개 한 번 크게 켜본다

초인종이 몇 번 울린다
날이 개면 앞산을 오르기로 한
백수 지기들이 벌써 대문 앞에 왔다
서둘러 등산화 끈 조이고 대문을 민다

외딴 빈집

한차례 스치고 간 게릴라성 비,
외딴집 마당가 낮은 쥐똥나무 울타리에
마른 쥐똥처럼 햇살이 반짝인다

그 아래는 이빨 빠진 개밥그릇 하나,
개는 마을로 바람 쐬러 갔는지
멧새들이 불어터진 밥알들을 쪼아 댄다

물 한 사발 얻어 마시러 들렀건만
아무도 없는 빈집,
울타리 곁에 앉아 젖은 옷을 말린다

새들도 어디론가 날아가 버리고
한가로이 떠가는 구름 몇 점,
개 짖는 소리에 더욱 목이 마르다

달빛 연주

벽오동나무 옆의 두 그루 계수나무도
달빛 현을 켠다
오동잎 위의 현들은 더 길고 굵다
어둠의 입자들이 화답이라도 하듯 춤추고
불 듯 말 듯 부는 바람은
산지사방으로 은은하게
그 선율들을 실어 나른다
(봉황은 오랜 꿈속의 새지만
 언제까지나 먼먼 내일로 비상한다)
이 광경을 장자가 바라볼까
바슐라르는 들여다보고 있을까
느리게, 하지만 조금씩은 느리지 않게
한밤의 현악 연주가 아득한 꿈길을 연다
손바닥만 한 오동잎들과
하트 모양의 계수나무 작은 잎들이
일제히 이 우주를 흔들어 깨우는 듯하다

여름 낮잠

며칠 오던 비가 그쳤다

바다의 등지느러미가 반짝인다

나는 먼 바다를 향해 조각배에 마음 싣는다

따갑게 쏟아지는 햇볕

바다와 하늘이 맞닿아

서로 팽팽하게 손아귀에 힘을 모으고 있다

웬일인지, 파도가 잠을 잔다

나도 낮잠에 빠져든다

울릉도 향나무

키 작은 향나무가
하늘 향해 팔을 뻗는다
바위 틈새로 안간힘 다해 뿌리를 내린다

하지만 언제나 그 키가 그 키다

이따금 하늘이 슬며시 내려와 보듬어 준다
산지사방 부는 바람이
날개를 달아 준다

울릉도 향나무는 몸속 깊숙이
향기 대궐 한 채를 품고 있다

오래된 주마등

바람결에 묻어 오는 쇠북 소리,
까마득히 잊었던 옛 꿈을 데리고 온다

지금 여기서부터는
자동차 세워 놓고 홀로 걷는다
저 산 너머, 그 너머의 옛날로
되돌아가 보고 싶다

낭떠러지에 위태롭게 서 있던 어린 시절,
입술 깨물며 눈물로 씻고 헹귀
당나무 높은 가지에 매달던
아픈 꿈들,
그 질기게 서럽던 기억들이
쇠북 소리 디디고 오며 나를 들여다본다

오랜 병상의 아버지 돌아가신 지도
예순 해가 다 돼 가건만

그 시절의 그 하늘과 땅이
너무나 가까이 들여다보인다

오래된 주마등 하나
허공에 매달려 희미하게 흔들린다

등 굽은 소나무

산소의 나무들을 바라보면 가슴 찡하다
푸근한 길들을 빚어 끌어안는
저 등 굽은 소나무들

오랜 세월, 비바람 불고 눈보라 쳐도
오로지 제 빛깔로만
독야청청 우람한 저 모습

하루에도 몇 번 흐렸다 개였다
흐려지는 사람의 길,
이 미망의 길을
그윽하게 내려다보는 성자 같다

하고 싶은 말을
죄다 안으로 삭여서인지,
바늘처럼 돋아난 진초록의
무성한 잎, 그 입술들

세상이 바뀌고 아무리 달라져도
말 없는 말들만 낮지만 높게 쟁이듯이
등 구부린 채 하늘을 끌어안는 저 나무들

요즘은 나 홀로

요즘은 혼자만 있을 때가 잦아졌다
나 홀로 느긋하게
온갖 생각의 안팎을 떠돈다

거기에 날개를 달아 보거나
내 속으로 깊이 가라앉을 때가 잦다

빈 집에서 빈 방 가득
생각들을 풀어 내다 거둬들이다 하면서
나 홀로 술잔을 기울일 때가 좋아졌다

혼자 마신 술에 젖어
술이 나를 열어 주는 길을 따라
나 홀로 유유자적 거닐 때가 좋다

적막이 적막을 껴입고 또 껴입으면
혼자 그 적막을 지그시 눌러 앉히곤 한다

눌러 앉혀 다독이면
그윽하게 따뜻해지는 적막이 좋다
나 홀로, 늘 혼자라는 생각을 하면서

4

새와 나

낮은 하늘에 붙박이듯 떠 있는 새,
숨을 멈추고 쳐다본다
저 고난도의 비행

앉은자리에서 날아오르는 꿈을 꾼다
이내 눈앞이 캄캄해진다
이 어정뜬 추락

새는 어느새 어디론가 가고 없다

독경 소리

단풍나무 붉은 잎들이 진다
희뿌연 안개,
구르듯 개울물에 실리는 독경 소리

한 노파가 지팡이에 힘을 주며
느릿느릿 산모롱이를 돌아 멀어진다

바위에 걸터앉아 발치를 내려다본다
청설모가 쏜살같이 스쳐 지나간다

웬일인지, 내가 끌고 온 길도
더 오르내릴 길도 다 지워져 버렸다

그럼에도, 노승의 저 독경 소리는
보일 듯 말 듯한 길들을 산문 밖까지
내어다 걸어 주고 있다

따스한 그림

저물녘 산마을은 따스한 그림 같다
저녁밥 짓는 연기 피워 올리는
나지막한 굴뚝들,
감나무들은 까치밥 두어 개씩 달고 서 있다
일터에서 막 돌아와 신발 끈을 푸는 사람들의
뒷모습도 눈에 들어온다

골목 여기저기서 개들이 짖고
어둠살 내려 깔려도
신나게 뛰노는 조무래기들,
손자를 부르는 할머니의 쉰 목소리와
간간이 들리는 어린애 울음소리,
서산마루에 걸렸다가 막 지려 하는
조각달이 마음 흔들어 젖게 한다

나도 몰래 멈춰선 낯선 집 앞에서
오순도순 둘러앉은 가족의 저녁 밥상과

아득히 가 버리고만 옛날을
지그시 더듬어 눈을 감는다
그러안듯 바라보던 그림 속에 들어선 내가
타임머신을 타듯 먼 꿈길을 간다

마을의 불빛

내리막길로 발을 제겨디딜 수 없다
나뭇잎들이 후두둑 떨어지고
또 날이 저문다

이젠 내려가야 할 텐데
산길이 내 발자국들을 움켜잡는 걸까
하늘엔 하나둘 눈뜨는 별들

바위 비탈에 작은 소나무 한 그루가
매달리듯 발을 붙이고 서 있다
내 마음도 벼랑의 소나무다

인적 다 끊긴 어스름 속에서 바라보면
느리게 산길을 기어오르는 불빛,
멀리 가물거리는 마을의 저 불빛들

밤 숲길

나무들이 잎사귀를 떨쳐 낸다

잎이 진 자리마다 돋아나는 달빛,

바람은 나무들 사이로 희미하게 길을 낸다

달빛이 숲속을 서성이는 사이

내가 걸어가야 할 길도 뒤채기 시작한다

가 봐야 거기가 거기겠지만

나무들 사이를 느린 걸음으로 걸어간다

별안간 별 하나가 마음을 붙든다

가던 길 버리고 멈추어 선다

술친구

그 친구 술 속의 먼 길을 떠났다
아무 일 없다는 듯 세상은 그대로다

마음 뜨거워져 그의 이름을 불러 보지만
허공에는 구두점처럼 떠 있는
뜬구름 한 점,
또는 두어 점

어디선가 또 술 따르는 소리

세상은 아무래도 너무 무정하다
가을이 저물고, 청단풍 잎들 다 지도록
얼굴을 찌푸렸다 폈다 할 뿐

눈감으면 또 술잔 부딪는 소리

그는 다른 세상에서 지금도

98

술이 술을 마실 때까지 젖고 있을까
오로지 술 속의 길만 환히
열리고 있을까

날 저물어 술상 앞에 앉으면
그 친구가 금세 되돌아올 것만 같다

소크라테스에게

이순 지나면 길을 거꾸로 가는 걸까요
귀가 순해진다지만
마음은 자꾸만 작아집니다
작아질 뿐 아니라 유치해지기도 합니다

모르는 것들이 갈수록 태산,
달리거나 걷기보다 기어가는 것 같습니다
기어가다가 멈춰 앉아 바라보면
보이는 것들이 하나같이 커 보입니다
커 보이다가 점점 흐릿해집니다

백수를 바라보는 장모는
아무리 봐도 영락없는 어린애 같습니다
병원과 요양원 생활이 벌써 열세 해째
나도 그동안 얼마나 더 망가졌는지요

내가 모른다는 걸 아는데

아직 느리게 눈뜨는 중일는지 모릅니다
나의 무지를 가슴으로 느끼기까지,
그것도 흔들거려, 무지의 숲속을 헤매는
오늘은 서녘 노을이 유난히 붉게 타오릅니다

바커스에게

물불은 불물을 춤추게 하네
이 어지러움이 황홀하네
불물의 춤에 빠져들어

나도 호수의 달을 따러 가게 될까
물불이 열어 주는 길을 따라가다가
불물 따라 이태백처럼 물에 빠질까

오늘 하루 해도 기울어
물불이 나를 끌어당기네
불물의 춤에 끌려들게 하네

어제도 그제도 그러했듯이
나를 그러안는 바커스여, 오늘도
호수엔 환한 달이 떠올랐네

* '수블(물불)'은 신라시대의 고어로 '술'의 어원.

어둠 속에서

밤하늘의 별들이 빛을 뿌린다
파란만장했던 그분의 생애,
그분의 빛도, 별빛도 배경은 어둠이다
어둠 때문에 더욱 환하다

하지만 세상은 여전히 캄캄하다
어둠이 어둠을 겹겹이 껴입고 있다

요즘 세상은 고삐 풀린 망아지 같다
고삐가 아예 없거나 놓아 버린 걸까

별들도, 그분도 어둠을 밝히려 하지만
빛을 뒤덮는 어둠이 창궐한다
세상이 눈 가려도 도도한 그분의 빛,
캄캄할수록 별빛은 영롱해진다

그 사람의 말

그 사람의 말에는 늘 여지가 있다
다른 사람의 말을 깊숙이 끌어안는 여유와
부드럽고 넉넉한 여백,
어떤 대상이든 결코 혼자 차지하지는 않는다
자신만의 어법으로 자기화하면서도
언제나 그 누구와도 함께 나누려는 마음자리,
더 나은 말로 채워지기를 기다려 준다
어느 순간이든 어디서나 한결같이
다른 사람 몫으로 빛날 수 있는
빈 데를 넉넉하게 남겨 둔다
하지만 오래 삭인 것 같은 그 사람의 말은
그 누구의 말보다도 웅숭깊다
날개를 달고 눈부시게 날아오르기도 한다
대상을 결코 사로잡지는 않지만
사람들의 마음을 높고 그윽하게 사로잡는다

나의 들보

제 눈의 들보는 왜 안 보이는지,
들보가 마음 눈까지 가리기 때문일까
미사 때마다 세 번이나 제 탓이라던 사람이
돌아서면 이내 남 탓 타령이다

세상에 불만 많은 그 사람 곁에 서 있는
나도 크게 다르지는 않을는지 모른다

내가 언제나 제 탓부터 하려면
마음눈에 낀 들보를 걷어 내야 할 텐데
나도 모르게 들보가 자꾸만 생기는지,
세상 보는 안경부터 바꿔 껴야 할 텐데

황혼의 비가

꿈결인 듯 기억 저편에서
꽁지가 하얀 새들이 날아온다
뜰에 서서 바라보면
낙엽 지는 산딸나무 아래
불붙은 듯 새빨간 샐비어 꽃들

서녘은 펼쳐 놓았던 놀을
이제 곧 거둬들이겠지만 아직은 너무 붉다
잊으려 애써도 눈에 선한 너의 모습,
너를 향한 내 마음은 저녁놀보다도 붉다

바람은 자꾸만 옷자락을 흔들고
하늘에는 하나둘 흩어져 앉는 별들,
밤은 어김없이 다가선다
어느새, 꽁지가 하얀 새들은
기억 저편으로 아득히 날아가 버렸다

벌판에서

멀리서 누군가 점점 가까이 다가온다
눈 비비고 보면 보이지 않는다

등 뒤에서 누군가 내 이름을 부른다
돌아보면 아무도 안 보인다

한 그루 고사목만 우두커니
나를 내려다보며 서 있을 따름이다

다시 누군가 가까이 다가온다
등 뒤에서는 누군가 내 이름을 부른다

레테의 강

오랜만에, 불현듯 뇌리에 꽂히는
네 생전의 말 한 마디
―나, 너를 좋아해

가슴에서 머리로, 다시
발끝까지 저미듯 번져 흐르는
가까운 듯 먼 메아리

까마득히 잊고 있었던
나의 무정, 어쩔 수는 없었지만
이제 와서 이다지 아플 줄이야

하지만 끝내 건너서는 안 될
너와 나 사이에 흐르는 강
―나도 너를 좋아했었는데

또 너 보고 싶어

한밤중에 강가를 걷네
또 너 보고 싶어, 너무 보고 싶어,
달빛 따라 어깨에 잠을 떠메고 걷네
멀리 희미하게 켜져 있는 불빛,
그 누가 잠 못 들어 뒤채며 밤을 지새우는 걸까
애타게 가슴 죄고 있는 것일까
너 향한 내 가슴의 불도 차마 끌 수가 없네
아무리 끄려 해도 꺼지지 않네
만나면 헤어지고 헤어지면 다시 만난다지만
우리는 언제 다시 만날 수 있을는지
별들 총총히 내린 강물은 하염없이 흐르고
또 너 보고 싶어, 너무 보고 싶어,
밤 이슥토록 강가를 걷네

이런 까치밥

감나무 잎사귀가 다 떨어졌다
나는 가지 끝에 앉아 있는 까치다
안간힘으로 매달려 있는 감이다

까치가 감을 내려다본다
감은 까치를 올려다본다

내가 나를 드러내어 보인다
나를 내가 두루 들여다본다

나와 내가 함께, 그러나 따로다
감은 여전히 가지에 매달려 있지만
까치가 쪼아 먹으려 하지는 않는다

상모재*에서

상모처럼 휘도는 산길을 따라
낮게 엎드리는 적막,
상모재는 슬며시 적막을 그러안고
데우는 온돌 같다
그 너머 지례 고택에는
오랜 세월 적막을 쟁이고 삭여 온
시인이 살고 있다
한밤에 지구 자전 소리를 듣는다는
그의 귀 때문인지,
너무 밝은 눈 때문인지는 알 수 없지만
아직 적막에 길들지 못했다고 한탄하는
적막주의 시인이 살고 있다
상모재를 넘어오는 동안
시를 쓰기보다는 시를 사는 그의
휘파람 만파식적이
적막을 깨우며 따라오고 있었다

* 지례예술촌 촌장인 김원길 시인이 나름으로 붙인 재 이름.

지나가고 떠나가고

지나간다. 바람이 지나가고
자동차들이 지나간다. 사람들이 지나가고
하루가 지나간다. 봄, 여름,
가을도 지나가고

또 한해가 지나간다.
꿈 많던 시절이 지나가고
안 돌아올 것들이 줄줄이 지나간다.
물같이, 쏜살처럼, 떼 지어 지나간다.

떠나간다. 나뭇잎들이 나무를 떠나고
물고기들이 물을 떠난다.
사람들이 사람을 떠나고
강물이 강을 떠난다. 미련들이 미련을 떠나고

구름들이 하늘을 떠난다.
너도 기어이 나를 떠나고

못 돌아올 것들이 영영 떠나간다.
허공 깊숙이, 아득히, 죄다 떠나간다.

비우고 지우고 내려놓는다.
나의 이 낮은 감사의 기도는
마침내 환하다.
적막 속에 따뜻한 불꽃으로 타오른다.

나와 너

김인환(문학평론가, 고려대 명예교수)

나와 너

김인환(문학평론가, 고려대 명예교수)

잘 보는 사람은 잘 꿈꾸는 사람이다. 사람은 먼저 사물들과 다른 사람들을 보고 그것들과 그들 가운데 가까이 다가와 고유성을 드러내는 어떤 것 또는 어떤 이를 너라고 부른다. 그/그것들 속에 꿈이 들어가 정서적 공간을 만들면 그/그것은 너가 된다. 우리는 그/그것들을 스쳐 지나간다. 그러나 그/그것이 너가 되면 시간의 속도가 느려져서 우리는 내심의 침묵 속에서 너의 고유성을 바닥까지 받아들일 수 있게 된다.

영혼이 휴식할 때 풍경은 자신의 진정한 성격을 우리에게 속속들이 알려 준다. 봄이 전개되는 동안에 벗나무는 "감춰뒀던 속내가 한순간에 일제히 폭발하듯/뿌리로 모았던 힘을/터뜨리고"(「참새와 벚꽃」), "무성한 풀숲은 산발치의 아파트 담장까지/잰걸음으로 다가서는 중"(「늦은 봄」)이다. 꽃은 꽃의 언어로 말하고 새는 새의 언어로 말한다. 꽃의 언어와 새의 언어는 다르지만 인간 언어의 심층에는 그 언어들이

서로 주고받을 수 있는 우주 언어가 작용하고 있다. 시를 쓰는 일은 이 우주 언어를 기록하는 노동이다. 그러므로 시인은 새와 꽃에 대해 말하는 사람이 아니라 새와 꽃이 말해 주는 것을 받아 적는 사람이다.

시인에게 나무는 탁월한 모럴리스트이다. "하루에도 몇 번 흐렸다 개였다/흐려지는 사람의 길"을 내려다보며 나무들은 말 없는 말을 속 깊은 데 간직하고 "등 구부린 채 하늘을 끌어안는"다(「등 굽은 소나무」). 바위 틈에 뿌리를 내려 자라지 못하는 울릉도 향나무는 몸속 깊숙이 대궐 한 채 만큼 방대한 향기를 품고 있다(「울릉도 향나무」).

> 나도 저 의젓한 회화나무처럼
> 언제 무슨 일이 있어도 제 자리에 서 있고 싶다
> 비바람이 아무리 흔들어 대도, 눈보라 쳐도
> 모든 어둠과 그림자를 안으로 쟁이며
> 오직 제 자리에서 환한 아침을 맞고 싶다
> ―「환한 아침」 부분

「어둠 속에서」와 「그 사람의 말」에 등장하는 그 또는 그분은 시인이 닮고 싶어 하는 삶의 모델이 되는 사람들이다. 세상은 캄캄하고, "어둠이 어둠을 겹겹이 껴입고 있"지만 어둠을 배경으로 빛나는 별들이 캄캄할수록 더욱 영롱해지듯이 고삐 풀린 망아지같이 갈팡질팡하는 세상이 그분의 기억을 휘황하게 밝혀 주고 있다. 다른 사람의 말로 채워질 수 있는 여지를 넉넉하게 남겨 두는 그 사람의 말은 언제나 그 누구와 의미를 함께 나누려는 마음 때문에 사람들의 마음을 부드럽게 사로잡는다.

그리고 시인에게는 이승의 한 생 내내 추억으로써 미련으로써 상처로써 간직해 온 사랑이 있다. 시인은 그 사람을 향한 가슴의 불을 끌 수 없어 밤이 이슥하도록 강가를 걸으면서 멀리 불빛 어리는 방들에는 모두 애타게 가슴 죄며 밤을 지새우는 사람들이 있을 것이라고 상상해 본다(「또 너 보고 싶어」).「레테의 강」에서 시인은 "나, 너를 좋아해"라고 한 죽은 그 사람의 말이 갑자기 망각을 뚫고 머리에 떠올라 벼락 맞은 듯 전율하며 무정했던 자신을 자책하면서 한편으로 그 사랑은 끝내 건너서는 안 될 강이었다고 체념하는데, 바로 그 체념과 자책이 사랑의 불길을 더욱 힘차게 북돋운다. 시인은 너를 좋아한다는 그 말을 안으로 굳게 빗장 질러 놓고 무덤까지 가져가려고 한다(「어떤 평행선」).

서녘은 펼쳐 놓았던 놀을
이제 곧 거둬들이겠지만 아직은 너무 붉다

잊으려 애써도 눈에 선한 너의 모습

너를 향한 내 마음은 저녁놀보다 붉다

—「황혼의 비가」 부분

사라지기 전의 노을이 더욱 붉듯 노년에 사랑의 추억은
생생하게 쇄신되는 마지막 정열이 된다. 노인 속의 소년이
여전히 생생하게 살아 있기 때문이다.

한여름 땡볕에 한사코

담장 타고 기어오르며 피는 꽃,

능소화들이 목 뽑은 채 귀를 활짝 연다

오로지 그 님만 하염없이 기다리는

마음의 저 붉은 끈,

그 끈을 끝내 놓지 못하기 때문일까

땅바닥에 떨어지면서까지

귀는 마냥 그대로 열고

담장 너머 발소리에 애간장 태우는 것 같다

기다림이 도를 넘으면 한이 되고

한이 하늘을 찌르면 독이 되고 마는 걸까
독이 되어 더 아름다운 저 꽃잎들

그 님 아니면 그 누구든
저 꽃잎에 손대지 마라
저 꽃을 탐한 손으로 절대 눈 비비지 마라

눈이 멀어도 좋다면
그 손으로 저 꽃을 탐해 보라
그 님이 아니면 그 저주 죄다 떠안게 되리니
　　　　　　　　　　　　　　　─「비련의 꽃-능소화」전문

　　한여름에 피는 능소화는 아름답지만 손대면 꽃이 떨어지
고 꽃가루가 눈에 들어가면 눈을 멀게 하는 꽃이다. 시인은
더위에 이울지 않는 붉은 빛을 목숨을 들어 간절히 사랑하
는 마음의 끈에 비유하고 활짝 벌린 꽃잎들을 사랑하는 사
람의 발자국 소리를 기다리며 항상 열려 있는 귀에 비유한
다. 사랑의 축복이 사랑의 저주와 뗄 수 없이 얽혀 있기 때
문에 능소화의 사랑도 한과 독을 품고 있다.
　　시인은 사랑을 지켜주려면 한과 독까지 다치지 않게 지
켜주어야 한다고 말한다. 우리의 사랑이 이루어질 수 없는

사랑이듯이 우리의 꿈도 이루어질 수 없는 꿈이다.

　나는 창밖의 앞산 자락을,
　그 응달의 나무들과 마른 풀들까지
　앞마당으로, 다시 창 안으로
　지그시 끌어당긴다
　안으려 해보지만 품을 수는 없다

─「유리벽」부분

　사랑의 주체와 객체 사이, 꿈의 주체와 객체 사이에는 투명하지만 뚫고 나갈 수 없는 유리벽이 있다. 우리는 사랑과 꿈을 제 힘껏 공들여 끌어당겨 보지만, 우리가 지상에서 할 수 있는 일은 그것뿐이지만, 사랑과 꿈을 우리 자신의 것으로 품을 수는 없다. 우리는 무한을 꿈꾸지만 우리가 있는 곳은 언제나 유한한 세상이다. 우리는 항상 새롭게 유한한 세상을 부정하려고 한다. 그러나 우리에게 남는 것은 유한한 세상뿐이다. 인간에게 무한은 유한을 부정하게 하는 유한의 내적 동태일 뿐이다. 무한을 바라보려 할 때마다 무한의 거울에 비치는 자신의 유한성에 직면하게 되는 것이 인간의 운명이다.

눈을 가득 뒤집어쓴 보트 한 척이

호수 한 귀퉁이에 매인 채 나를 올려다본다

나도 나를 들여다본다

—「눈길 1」 부분

우리는 나날의 삶에서 되도록 자기 내심을 보지 않고 살려고 한다. 타성적 세계에서 관습에 따라 사는 것이 더없이 편안하기 때문이다.

그러나 그것이 아무리 고통스럽더라도 자기의 내면에서 일어나는 사건들에 귀를 기울이지 않을 수 없는 때가 있다. 대부분의 경우에 그것은 의존심과 적대감이다. 원한과 질투에 휘둘리는 자기의 내면을 보면서 너무나 형편없는 자신의 모습에 절망하지 않을 만큼 용기 있는 사람은 아주 드물다.

가파른 산길을 따라 오를수록

계곡으로 굴러 내리는 마음, 이 공허

허공의 뜬 구름은 어디로 가는지,

구름 그림자 아래 주저앉아 있는 내가

땀에 절어 산꼭대기까지 오른 나를

되레 내려다보고 있는 것만 같다

—「산길에서」부분

우리는 때때로 우리 자신을 되비추는 거울이 된다. 상상력은 우리 자신을 천국에 올려놓았다가 지옥에 내쳤다가 하지만 시간은 끝내 우리 자신의 민낯을 우리 앞에 드러내고 만다. 시인은 자기의 내심을 들여다보면서도 눈을 돌리지 않을 만큼 정직한 기록자이다. 그리고 자기에게 정직하다는 것은 다른 사람에게 관대하다는 것을 의미한다. 자기 속의 그릇된 욕망을 알고서도 남을 비난하기는 어려운 일이기 때문이다.

나는 어디로, 어디쯤 가고 있는지,

어디로 가야 할는지,

더욱 막막해진다

막막한 마음의 갈피에 흩날리는 눈발,

길들을 죄다 지우며 내리는 눈은

오로지 제 홀로 환한 길을 낸다

—「눈길 2」부분

"갈 길을 찾아가다 길이 너무 많아//길 위에서 가야 할 길을 잃어버린 나"(「후렴」)에게 눈은 세상의 길이 다 지워질 때 비로소 마음의 길이 드러난다고 말해 준다. 방향을 정해 놓고 인생길을 걸어가는 사람이 몇이나 될까? 그냥 살다 보면 살아지는 것이 삶이고 우리는 시간이 오래 지난 후에야 찾아 헤매던 모든 것들이 길을 내주었다는 것을 깨닫게 된다. 우리의 존재 전체가 방황 속에서 과일처럼 성숙하여 운명을 받아들이게 되는 것이다.

문득, 가던 길을 멈춰 선다

바람은 어디서 왔다가
어디로 가는지
어디로 갔다가 되돌아오는지
길가의 풀과 나무들, 마음을 흔들어 댄다

흔들리지 말아야지, 다짐하는 순간에도,
아무리 멀어도 가야 할 길은 가고야 말겠다고

마음먹는 순간에도 바람은 나를 흔든다

내가 어디로 가고 있었지?

바라보면 저만큼 내가 떠밀려 간다
떠밀려 가다가 다시 떠밀려 온다
멈춰서 있는 순간에도 떠밀려 간다

나는 다시 가던 길을 간다
떠밀려 가다가 되돌아오고
오다가 가지만
떠밀리지 않으려고 안간힘을 쓴다

나는 대체 어디로 가고 있는 거지?

—「바람과 나」전문

　길은 분명하게 보이지 않았지만 찾아 헤맨 모든 나의 안
간힘과 내 의도를 무시하고 나를 어떤 길로 들어서지 않을
수 없게 떠밀어 낸 세상의 몰아침이 과거를 만들었고, 현재
를 만들고 있고 미래를 만들 것이다. 마음대로 되는 세상
은 없기 때문에 삶은 결국 어긋남일 수밖에 없다. 연륜을

더한다고 해서 이 어긋남의 밀도가 감소하는 것은 아니다. 자기에게 내재하는 내밀한 욕망을 직시하는 영혼에게 세상은 위기와 동요의 연속이고 회상과 기대는 메마름을 견디는 운명의 형식이 된다.

저녁 한때의 마을과 멀어지는
외딴길 언저리,
어둠살에 묻히는 소나무 등걸에 기대 선다
낮달도 서산마루를 막 넘어가고
별들이 흩어져 앉는 동안
마냥 그대로 붙박인다
갈 길도 가야 할 길도 아예 다 내려놓고 싶다

여전히 어둠을 흔드는 풍경 소리,
마음을 안으로, 안으로 들여보낸다

안 보이는 어떤 부드럽고 커다란 손이
검은 구름 사이로 어른거린다
                                            —「풍경 소리」 부분

지도를 손에 넣을 수 없다면 목적지를 생각하지 말고 길에 자신을 맡기는 편이 낫다. 길이 보이지 않는다면 차라리 멈춰 서는 편이 낫다. 그림자가 따라오지 못하게 하려면 달음질을 그쳐야 한다. 그림자를 피하려고 빨리 달리면 그림자는 달리는 속도에 비례하는 속도로 따라온다. 황혼녘에 시인은 산 중턱 소나무 등걸에 기대 서서 별들이 흩어져 자리를 잡고 앉을 때까지 오래도록 그 자리에 움직이지 않고 침묵하는 자신의 내심을 응시한다. 바로 그때 기적처럼 "어떤 부드럽고 커다란 손"이 시인의 눈앞에 나타난다. 내 삶이 아무리 혼란스럽고 갈 길이 막혀 있다 하더라도 참은 참이고 선은 선이지 참이 거짓이 되거나 선이 악 되지는 않는다.

우리가 그 이유를 속속들이 알지는 못하지만 세상에는 참을 참으로 규정해 주는 궁극적인 근거가 존재한다. 시인은 침묵과 적막 속에서 근거 자체에 대한 믿음을 확인한다. 진정한 위기는 근거의 상실이다. 궁극적 근거를 굳게 믿고 있다는 점에서 시인의 적막은 따뜻한 적막이다. 시인은 시집을 감동스러운 감사의 기도로 마무리한다. 나 자신까지 나를 떠난다 하더라도 근거에 대한 믿음을 간직하고 있는 한 나는 나의 현재를 보람 있게 가꾸고 나의 세상을 아름답게 느낄 수 있을 것이다.

지나간다. 바람이 지나가고
자동차들이 지나간다. 사람들이 지나가고
하루가 지나간다. 봄, 여름,
가을도 지나가고

또 한해가 지나간다.
꿈 많던 시절이 지나가고
안 돌아올 것들이 줄줄이 지나간다.
물같이, 쏜살처럼, 떼 지어 지나간다.

떠나간다. 나뭇잎들이 나무를 떠나고
물고기들이 물을 떠난다.
사람들이 사람을 떠나고
강물이 강을 떠난다. 미련들이 미련을 떠나고

구름들이 하늘을 떠난다.
너도 기어이 나를 떠나고
못 돌아올 것들이 영영 떠나간다.
허공 깊숙이, 아득히, 죄다 떠나간다.

비우고 지우고 내려놓는다.

나의 이 낮은 감사의 기도는

마침내 환하다.

적막 속에 따뜻한 불꽃으로 타오른다.

—「지나가고 떠나가고」 전문

이태수 시인

1947년 경북 의성에서 출생, 1974년《현대문학》을 통해 등단했으며,《자유시》동인으로 활동했다. 시집 『그림자의 그늘』(1979, 심상사), 『우울한 비상의 꿈』(1982, 문학과지성사), 『물 속의 푸른 방』(1986, 문학과지성사), 『안 보이는 너의 손바닥 위에』(1990, 문학과지성사), 『꿈속의 사닥다리』(1993, 문학과지성사), 『그의 집은 둥글다』(1995, 문학과지성사), 『안동 시편』(1997, 문학과지성사), 『내 마음의 풍란』(1999, 문학과지성사), 『이슬방울 또는 얼음꽃』(2004, 문학과지성사), 『회화나무 그늘』(2008, 문학과지성사), 『침묵의 푸른 이랑』(2012, 민음사), 『침묵의 결』(2014, 문학과지성사), 육필 시집 『유등 연지』(2012, 지식을 만드는 지식), 시론집 『여성시의 표정』(2016, 그루), 『대구 현대시의 지형도』(2016, 만인사), 미술 산문집 『분지의 아틀리에』(1994, 나눔사), 저서 『가톨릭문화예술』(2011, 천주교 대구대교구)등을 냈다. 매일신문 논설주간, 대구한의대 겸임교수, 대구시인협회 회장, 한국신문방송편집인협회 부회장 등을 지냈으며, 대구시문화상(1986,문학), 동서문학상(1996), 한국가톨릭문학상(2000), 천상병시문학상(2005), 대구예술대상(2008) 등을 수상했다.

따뜻한 적막

초판 1쇄 발행일   2016년 7월 5일
초판 5쇄 발행일   2017년 10월 25일

지은이 · 이태수
펴낸이 · 김종해

펴낸곳 · 문학세계사
주소 · 서울시 마포구 신수로 59-1(04087)
대표전화 · 02-702-1800   팩시밀리 · 02-702-0084
이메일 · mail@msp21.co.kr
홈페이지 · www.msp21.co.kr
페이스북 · www.facebook.com/munsebooks
출판등록 · 제21-108호(1979.5.16)

ISBN 978- 89-7075-820-6 03810

이 도서의 국립중앙도서관 출판예정도서목록(CIP)은 서지정보유통지원시스템 홈페이지
(http://seoji.nl.go.kr)와 자료공동목록시스템(http://www.nl.go.kr/kolisnet)에서 이용하실 수
있습니다.(CIP제어번호:CIP2016015161)